第一詩集

浜紫苑《ハマシオン》

著・林 慈

浜紫苑＊目次

第二章　心象の風景

はじめに

この詩集の題名となっている浜紫苑《はましおん》とは、またの名を浦菊《うらぎく》という野に咲く花である。野菊の仲間で自生地は、おもに海岸近くの湿地帯だが、近年の宅地開発の影響により、とみに見かけることが少なくなった。

ところで、私の誕生日は九月九日である。

浜紫苑の花は、私の誕生日の花であることから、このたびの出版を記念して本の題名とした。ちなみに花ことばは〈追憶〉で、花占いによると出会いと別離をくりかえす、振りかえりの人生を送るようだ。

それは、古《いにしえ》の詩人が「会うは別れの始め」と詠んだように、どなたの人生においても同じことが言えようが、人の世の秋を迎えた者にとっては、日常のささいな出来事をきっかけに、過ぎさった日々の情景や出会いと別れの記憶が、フラッシュライトのように思い起こされるものである。

第一章

風の記憶

ある日の少年

八月《はちがつ》の空《そら》は
憂《うれ》いもなく澄《す》み渡《わた》り
望《のぞ》み通《どお》りの空模様《そらもよう》
過《す》ぎ去《さ》りし日々《ひび》に
拙《つたな》い思《おも》いを馳《は》せて
追憶《ついおく》の風景《ふうけい》の中《なか》に

幼《おさな》い我《わ》が身《み》を偲《しの》ぶのだ

ある日《ひ》　少年《しょうねん》は
ソテツの葉《は》を編《あ》んで
自慢《じまん》の虫《むし》かごを
巧《たく》みに拵《こしら》えると
ガジュマルの小枝《こえだ》へ
得意《とくい》げに吊《つる》す
そうして
野《の》の草《くさ》の茂《しげ》みに潜《ひそ》む

トノサマバッタや
キリギリスを捕《と》らえて
ソウシジュ林《ばやし》では
ひたすら
クマゼミを追《お》いかけた

このとき　突然《とつぜん》
野分《のわけ》の風《かぜ》が激《はげ》しく吹《ふ》くと
虫《むし》かごは風《かぜ》に煽《あお》られて
木《こ》の葉《は》のように

空《そら》へと舞《ま》い上《あ》がり
どこかに消《き》え失《う》せた
ある日《ひ》の少年《しょうねん》は
何《なん》の手立《てだ》ても無《な》いままに
その行方《ゆくえ》を漫然《まんぜん》と
見《み》つめるばかりなのだ

クガニバル

椎《しい》の木《き》に
こんもり覆《おお》われた
西《イリ》ヌ森《ムイ》の麓《ふもと》の岩屋《いわや》
この界隈《かいわい》には
爽《さわ》やかな真水《まみず》の
そろそろと湧《わ》き出《で》る
涼《すず》しい樋川《ヒージャー》が

所々《ところどころ》にあって
一円《いちえん》で暮《く》らす村人《むらびと》の
生活《せいかつ》を守《まも》った

近《ちか》くを小川《おがわ》が流《なが》れ
ゆったりした川岸《かわぎし》の
小高《こだか》い土手《どて》には
清々《せいせい》するほど青《あお》く茂《しげ》る
山桃《ヤマムム》や山桑《ヤマグワ》の木《き》が生《は》えて
夏《なつ》の便《たよ》りが来《く》ると

赤黒《あかぐろ》い実《み》をつけるのだ

雑木林《ぞうきばやし》を抜《ぬ》けると
さわさわとした
黄金《おうごん》の茅《ちがや》の
草《くさ》むす原《はら》っぱが
まるでサバンナのように
何処《どこ》までも広《ひろ》がるから
この空間《くうかん》の世界《せかい》を
村人《むらびと》は黄金原《クガニバル》と呼《よ》んだ

縁日

ある晴《は》れた日《ひ》の
日《ひ》の入《い》りとともに
目黒不動《めぐろふどう》の寺社仏閣《じしゃぶっかく》は
深《ふか》い林《はやし》の中《なか》で
闇《やみ》に浮《う》かんだ

厳《おごそ》かな
佇《たたず》まいを醸《かも》し出《だ》す
境内《けいだい》の両脇《りょうわき》には
金魚《きんぎょ》すくいや射的《しゃてき》
アサガオに
ホオズキの鉢物《はちもの》
加《くわ》えて綿菓子《わたがし》と
リンゴ飴《あめ》などの品々《しなじな》が
これ見《み》よがしに
彼方此方《かなたこなた》へ広《ひろ》げられ

売《う》り子《こ》の声《こえ》は
方々《ほうぼう》に飛《と》び交《か》っていた
頭上《ずじょう》では
風車《かざぐるま》やガラスの風鈴《ふうりん》が
ゆらゆらと
心地《ここち》よく風《かぜ》になびき
その乾《かわ》いた音《おと》に
自《おの》ずと足取《あしど》りも軽《かる》くなる
初《はじ》めて東京《とうきょう》へ来《き》て

人混《ひとご》みに溢《あふ》れる
縁日《えんにち》の光景《こうけい》を
目《め》の前《まえ》にすると
沖縄《オキナワ》の小《ちい》さな青年《せいねん》は
伝統文化《でんとうぶんか》の違《ちが》いと
往来《おうらい》の人《ひと》の
忙《せわ》しげな暮《く》らし向《む》きに
戸惑《とまど》いと夢《ゆめ》を抱《いだ》き
青《あお》い思《おも》いを募《つの》らせた

屋敷の御願

二月《ニングァチ》の良き日《よひ》に
酒《サチ》と精白米《ハナグミ》と
線香《ウコウ》を携《たずさ》えて
脇目《わきめ》もふらず
かようにおっ母《かぁ》は
拝《おが》むのだ

（ウ〜　ト〜　ト〜〜）

東《ウー》の方《ヌフ》角《ワァ》と西《トゥイ》の方《ヌフ》角《ァ》
南《ウマ》の方《ヌフ》角《ァ》や北《ニー》の方《ヌフ》角《ァ》
屋敷《やしき》の四隅《よすみ》を
払《はら》い浄《きよ》めて
この世《よ》に巣《す》くう
厄災《やくさい》から家族《かぞく》を守《まも》る

それからおっ母《かぁ》は

酒《サチ》や精白米《ハナグミ》に
線香《ウコウ》を抱《かか》えると
門《ジョー》や井戸《カー》
火の神《ヒヌカン》に仏壇《トートーメー》を
ひたすら
仰《あお》ぎ奉《たてまつ》って
先祖《グワンス》の御霊《みたま》に
加護《かご》を求《もと》めるのだ
（ミーマンティ《みまもって》　クミソーリ《くださいい》）

さすれば
この地《ち》に徳《とく》の神《かみ》が宿《やど》り
家内《かない》は安泰《あんたい》で
無病息災《むびょうそくさい》なのだろう

看取り

鉄《てつ》の暴風《ぼうふう》を耐《た》え忍《しの》び
貧乏人《びんぼうにん》の子沢山《こだくさん》と
戯言《ざれごと》を言《い》われては
周《まわ》りの者《もの》に
何《なん》のかんのと気遣《きづか》って
母《はは》はいくたび

頭《あたま》を下《さ》げたのか

それでも
見紛《みまが》うことなく
九十《きゅうじゅう》の齢《よわい》を
気長《きなが》に重《かさ》ねてきた

だが
寄《よ》る年波《としなみ》には勝《か》てず
風邪《かぜ》を拗《こじ》らせると

仕舞《しま》いには
入院《にゅういん》する羽目《はめ》になる

こうして　三月《みつき》が経《た》ち
退院《たいいん》の目途《めど》が
立《た》たなくなると
ただ　衰弱《すいじゃく》の一途《いっと》を
辿《たど》るだけなのだ

いよいよ

意識《いしき》は混濁《こんだく》して
今生《こんじょう》の別《わか》れも近《ちか》いと
誰《だれ》もが覚悟《かくご》した矢先《やさき》に
前《まえ》ぶれもなく母《はは》は目覚《めざ》め
枯《か》れ木《き》のような
その体《からだ》で
声《こえ》を絞《しぼ》るように言《い》った
（ありがとうねぇ）

あれやこれやで

五日《いつか》が過《す》ぎた頃合《ころあ》い
母《はは》は静《しず》かな寝顔《ねがお》で
幸福《こうふく》の思《おも》いの丈《たけ》を
家族《かぞく》に託《たく》すと
黄泉《よみ》の国《くに》へ
安《やす》らかに旅立《たびだ》った

三月三日

ウミガメは
洋上《ようじょう》で春《はる》を歌《うた》い
四月《しがつ》の空《そら》に
カモメが舞《ま》う
（イヤサッサ　ヘイヘイ）

三月三日《サングワチサンニチィ》の浜下《ハマウィ》りは
上巳《じょうし》の節句《せっく》
今朝《けさ》がたの海《うみ》に
女《おんな》が集《つど》い
珊瑚《さんご》の白砂《しらすな》を踏《ふ》んで
息災《そくさい》と健康《けんこう》を
ひとえに願《ねが》うのだ
（サ〜　サ〜　ユイユイ）

ユウナの木《き》の

緑《みどり》葉《ば》の下《した》で
重箱《じゅうばこ》に詰《つ》めた
握《にぎ》り飯《めし》や紅色《べにいろ》の料理《りょうり》と
蓬餅《よもぎもち》を食《た》べ
世俗《せぞく》の疲《つか》れや
厄災《やくさい》を打《う》ち払《はら》う
あやかりの遊《あそ》びなのだ

うち晴《は》れてからは
浜《はま》で遊《あそ》ぶ嬉《うれ》しさ

脂身の粕

今《いま》や化石《かせき》のような
アンダカシィという
言葉《ことば》がある
動物《どうぶつ》の脂身《あぶらみ》を
こってり搾《しぼ》った後《あと》の
残《のこ》り粕《かす》のことだ

子《こ》どもの頃《ころ》の
こんな記憶《きおく》が蘇《よみがえ》る

ある日《ひ》のこと
三十路《みそじ》ばかりになる母《はは》は
簡易竈《かんいかまど》に大鍋《おおなべ》を乗《の》せると
豚《ぶた》の脂身《あぶらみ》を
鍋《なべ》の縁《ふち》まで入《い》れ
割《わ》り木《き》で火《ひ》を焚《た》きつけた
暫《しばら》くすると

脂身《あぶらみ》が香《こう》ばしく色《いろ》づき
揚《あ》がった脂身《あぶらみ》の粕《かす》は
ふんわりと浮《う》いてくる

傍《かたわ》らで待《ま》ち兼《か》ねていた
子《こ》どもたちは
挙《こぞ》って脂粕《あぶらかす》の断片《だんぺん》に塩《しお》を塗《まぶ》し
奥歯《おくば》でやんわり噛《か》み締《し》めた
すると　歯茎《はぐき》の間《あいだ》から
甘《あま》い脂《あぶら》がジワリと滲《にじ》み出《で》て

口全体《くちぜんたい》にぼつぼつ広《ひろ》がると
それが唾液《だえき》と合《あ》わさって
喉《のど》の奥深《おくぶか》くへ
ゆっくり流《なが》れいく

かようにして
脂《あぶら》まみれ塗れになった
互《たが》いの唇《くちびる》を指《ゆび》さすと
子《こ》どもたちは声《こえ》を上《あ》げて
満足《まんぞく》げに笑《わら》いだす

その刹那《せつな》
貧《まず》しい暮《く》らしの中《なか》にも
細《ささ》やかな至福《しふく》の
ひとときが訪《おとず》れた

石《いし》と土《つち》を練《ね》り上《あ》げた
簡素《かんそ》な竈《かまど》は
今《いま》もなお
心《こころ》の安寧《あんねい》とともに
忘《わす》れられない

炎《ほのお》の温《あたた》かさを
記憶《きおく》の彼方《かなた》へと感《かん》じさせる
幼少《ようしょう》の頃《ころ》の
甘《あま》く切《せつ》ない思《おも》い出《で》の
一《ひと》つなのである

追憶

大道森《ダイドウムイ》の
なだらかな斜面《しゃめん》に
滅多《めった》なことでは
水《みず》の涸《か》れない
恵《めぐ》みの井戸《カー》があった

この辺《あた》りは
夏場《なつば》ともなれば
大層《たいそう》な日《ひ》の光《ひかり》に満《み》ち溢《あふ》れ
やがて　梅雨《つゆ》が明《あ》けると
豊年祭《ウマチー》の始《はじ》まりなのだ

少年《しょうねん》の日《ひ》の追憶《ついおく》は
思《おも》い起《お》こせば密《ひそ》かに蘇《よみがえ》る
あれは紛《まぎ》れもなく
森《ムイ》からの帰《かえ》り道《みち》だった

ギンネム林《ばやし》にある
ホテイチクの
明《あか》るい藪《やぶ》の中《なか》から
青《あお》いヤマバトが
ひょっこり飛《と》び立《た》って
出《だ》し抜《ぬ》けに突風《とっぷう》が
通《とお》せん坊《ぼう》をすると
気弱《きよわ》な少年《しょうねん》は
あまりにも呆然《ぼうぜん》として
魂《マブイ》を落《お》とした

飼葉の香り

年少《ねんしょう》の頃《ころ》は
近《ちか》くの山野《さんや》を
当《あ》てもなく歩《ある》き回《まわ》り
馬《ンマ》や山羊《ヒージャー》などの飼葉《かいば》を
手《て》に入《い》れるのが
子《こ》どもたちの

大事《だいじ》な仕事《しごと》であった

春《はる》の大道毛《ウフドゥモゥ》の
穏《おだ》やかな陽射《ひざ》しの中《なか》で
丸《まる》ごと伸《の》びた雑草《ざっそう》を
草場《くさば》で刈《か》ると
すかさず青臭《あおくさ》い香《かお》りが
草花《くさばな》から滲《にじ》み出《で》て
小《ちい》さな少年《しょうねん》の
ちんまりした鼻腔《びくう》を

もぞもぞと擽《くすぐ》るのだ
朧《おぼろ》気《げ》な日常《にちじょう》に明《あ》け暮《く》れる
日々《ひび》の時《とき》とともに
あれから
歳月《さいげつ》を幾《いく》つ重《かさ》ねたのか
古来稀《こらいまれ》なりという
めでたい新年《しんねん》を迎《むか》えて
心《こころ》穏《おだ》やかにと願《ねが》った
ある日《ひ》のこと

近《ちか》くに在《あ》る漫湖《まんこ》の公園《こうえん》を
何《なに》げなく散策《さんさく》した折《おり》に
鼻腔《びくう》を擽《くすぐ》るような
あの自然《しぜん》の香《かお》りと
再《ふたた》び出会《であ》った
すかさず胸《むね》の内《うち》より
芳《かんば》しい昔日《せきじつ》の記憶《きおく》が
ほろ苦《にが》く思《おも》い出《だ》され
この上《うえ》もなく美《うつく》しいのだ

立春

恙《つつが》ない日柄《ひがら》を
真嘉比川《マカンジャーラ》の安穏河原《あんのんがわら》で
春《はる》に遊《あそ》ぶ

幼《おさな》い日々《ひび》の
空《そら》の薄雲《うすぐも》が

ぼんやりと甦《よみがえ》り
そこかしこの
水溜《みずたま》りに
空《うつ》ろな心《こころ》は
思《おも》わず弾《はず》むようだ

彼方《かなた》に過《す》ぎ去《さ》った
少年《しょうねん》の日《ひ》の想《おも》い出《で》も
今《いま》に至《いた》っては
もはや　遠《とお》いとおい

追憶《ついおく》の物語《ものがたり》なのだ
いやはや
もう　この記憶《きおく》さえもが
夢《ゆめ》か幻《まぼろし》なのか？

それは　扨《さて》おき
土手《どて》に生《は》える
アザミやツワブキ
水辺《みずべ》で戯《たわむ》れる
メダカにアメンボなど

これら　一切《いっさい》のもの
今日《きょう》の春《はる》が
確《たし》かに立《た》っている

第二章

心象の風景

残波岬

詰《つ》め草《くさ》の花《はな》の香《かお》りは
微《かす》かに漂《ただよ》い
残《ザン》波《パ》岬《ミサキ》の岸辺《きしべ》を彩《いろど》る
一円《いちえん》の花《はな》景色《げしき》や風浪《ふうろう》に
心躍《こころおど》る思《おも》いを抱《いだ》く
ある日《ひ》の旅人《たびひと》が

四月《しがつ》の最中《さなか》に
ひとり佇《たたず》んでいる

詰《つ》め草《くさ》は
この上《うえ》もなく可憐《かれん》で
無垢《むく》なるもの
ひたすらに凛《りん》として
気高《けだか》く静《しず》かに蕾《つぼみ》を開《ひら》き
白《しろ》や薄紅色《うすべにいろ》の二重奏《にじゅうそう》を
そこかしこへと

人知《ひとし》れず奏《かな》でるだけ

東《ひがし》シナ海《かい》の落日《らくじつ》と
詰《つ》め草《くさ》の清楚《せいそ》な絨毯《じゅうたん》は
常《とこ》しえに心《こころ》へ残《のこ》る
残波岬《ザンパミサキ》の風物詩《ふうぶつし》なのだ
旅人《たびびと》は
今日《きょう》のよき日《ひ》に
岬《みさき》の断崖《だんがい》で歓喜《かんき》した

ウリズン

ゆったり流《なが》れ行《い》く
漫湖《マンコ》の寛《くつろ》ぎの時空《じくう》に
一頻《ひとしき》りこの身《み》を長《なが》らえて
そこはかとなく
あたりを見遣《みや》れば
変《か》わりゆく

自然《しぜん》の移《うつ》ろいを
木立《こだち》の合間《あいま》に見《み》つけた

国場川《コクバガワ》の河口域《かこういき》の
洋々《ようよう》たる汽水《きすい》が
マングローブ林《ばやし》に溢《あふ》れ
空《そら》の筋雲《すじぐも》も
水面《みなも》に映《は》えると
やがて冬《ふゆ》の季節《きせつ》は
人知《ひとし》れず過《す》ぎてゆく

時《とき》を同《おな》じくする
光《ひかり》の春《はる》も
しっかりと気《き》が満《み》ち満《み》ちて
ほどなく大気《たいき》は緩《ゆる》むのだ

土《つち》の中《なか》の
数多《あまた》の虫《むし》たちも
春《はる》の陽気《ようき》に誘《いざな》われ
冬籠《ふゆご》もりから
ようやく目覚《めざめ》て

のんびりと
蠢《うごめ》くようだ

野山《のやま》の草花《くさばな》は
そのとき　芽吹《めぶ》き
まもなく青葉《あおば》や若葉《わかば》の
香《かお》りに包《つつ》まれることだろう

種蒔《たねま》きに程良《ほどよ》い
季節《きせつ》の到来《とうらい》で

土《つち》に親《した》しむ
穏《おだ》やかな今日《きょう》の日和《ひより》を
ウリズンと呼《よ》ぶ

さざれ石

首里《シュリ》の都《みやこ》
龍譚池《リュウタンイケ》の水辺《みずべ》で
五月《ごがつ》の空《そら》が笑《わら》っている

とまれかくまれ
ひとりでに

石《いし》ころ二《ふた》つ転《ころ》がった
（コロコロ　コロリン）

あまつさえ
丸《まる》っこいのが速《はや》いのだ

ポッチャ～ンと一《ひと》つ
やにわに　水面《みなも》が波《なみ》うった

安穏無事

朗々《ろうろう》とした
漫湖《マンコ》の昼下《ひるさ》がり
五月《ごがつ》の陽射《ひざ》しで膨《ふく》らんだ
大気《たいき》の匂《にお》いが身《み》を覆《おお》う

青葉《あおば》や若葉《わかば》に

河川《かせん》の淡《あわ》い香《かお》りが
こっそりと風《かぜ》に乗《の》って
何処《どこ》からともなく
運《はこ》ばれて来《く》るようだ

茫々《ぼうぼう》たる自然《しぜん》は
日常《にちじょう》の柵《しがらみ》と
自我《じが》の束縛《そくばく》から
この身《み》と心《こころ》を解《と》き放《はな》ち
そして　また

安《やす》らぎと寛《くつろ》ぎを与《あた》え
日毎《ひごと》の暮《く》らしを
味《あじ》わい深《ぶか》く
確《たし》かなものにする

限《かぎ》りある余生《よせい》は
安息《あんそく》の家《いえ》で
殊更《ことさら》に欲《よく》を持《も》たず
ひたすら　平穏《へいおん》な日々《ひび》を
心《こころ》静《しず》かに過《す》ごしたいものだ

夏が立つ

やがて　穀雨《こくう》は明《あ》け
夏《なつ》の足音《あしおと》がカラコロと
聞《き》こえてくる

桑《くわ》の実《み》が
茜色《あかねいろ》に色濃《いろこ》く染《そ》まり

野草《やそう》の香《かお》りは
風《かぜ》とともに運《はこ》ばれ
そして　雨雲《あまぐも》は独《ひと》りで
何処《どこ》か遠《とお》くの方《ほう》へと
立《た》ち去《さ》ったようだ

今日《きょう》は何処《どこ》までも
天気《てんき》が良《よ》い

太陽《たいよう》が

眩《まぶ》しく顔《かお》を出《だ》すと
抜《ぬ》けるような青空《あおぞら》は
空一杯《そらいっぱい》に広《ひろ》がって
レンゲソウや
タンポポや
アザミなんぞの上《うえ》を
蜜蜂《みつばち》たちが
せっせと飛《と》び回《まわ》るのだ

蟻

蟻《あり》の子《こ》が
台所《だいどころ》の傍《かたわ》らから
ひょっこりと顔《かお》を出《だ》す

おもむろに列《れっ》を連《つら》ねて
ぞろりとやって来《き》た

（ヤッサイ　ムッサイ）

乾《かわ》いたご飯《はん》の一粒《ひとつぶ》や
僅《わず》かばかりの砂糖《さとう》に加《くわ》え
誰《だれ》だか知《し》らない
痩《や》せた蛾《が》を背負《せお》っている

それはもう
大《たい》した大名行列《だいみょうぎょうれつ》なのだ

古希の春

二月《にがつ》に入《はい》り
どうしたものか
薄《うす》ら寒《さむ》さが身《み》に染《し》みる
中庭《なかにわ》の菜園《さいえん》では
レタスやサラダナが

それとなく育《そだ》ち始《はじ》めた

季節感《きせつかん》には乏《とぼ》しい日々《ひび》だが
心《こころ》 静《しず》かに眺《なが》めてみれば
そこかしこに
自然《しぜん》の移《うつ》ろいを
感《かん》ずるものだ

石垣《いしがき》の下《した》では
ツワブキが咲《さ》き誇《ほこ》り

通《とお》りの入《い》り口《ぐち》の寒緋桜《かんひざくら》が
満開《まんかい》の時《とき》に至《いた》った

人《ひと》の一生《いっしょう》は
春夏秋冬《しゅんかしゅうとう》に例《たと》えられるが
今年《ことし》の九月《くがつ》には
いよいよ古希《こき》を迎《むか》える
こそばゆい思《おも》いがあるが
それもまた悪《わる》くはない

獅子が吠える

ものみな旅人《たびびと》は
風《かぜ》に舞《ま》う木《こ》の葉《は》のように
虚空《こくう》の定《さだ》めを流《なが》れ往《ゆ》き
うたかたの　風雲《ふううん》の中《なか》で
浮《う》き寝《ね》する

色濃《いろこ》き民族《みんぞく》の血潮《ちしお》と
培《つちか》われた
琉球《リュウキュウ》の文化《ぶんか》を
繊細《せんさい》な感性《かんせい》の
彼《か》の魂《たましい》に刻《きざ》み入《い》れ
やるせない思《おも》いで
空《そら》の雲《くも》を行《ゆ》き来《き》する

嘆《なげ》きと哀《かな》しみの鉱床《こうしょう》は
殊更《ことさら》に深《ふか》く

ひたすら
安住《あんじゅう》の地《ち》を探《さが》し求《もと》め
己《おのれ》の宿命《しゅくめい》の罠《わな》に
抗《あらが》いながらも
さ迷《まよ》い歩《ある》く
独《ひと》りの旅人《たびびと》なのだ

やがて　月日《つきひ》は巡《めぐ》り
風光《かぜひか》る四月《しがつ》
花曇《はなぐも》りの空《そら》の下《した》で

摩文仁《マブニ》の丘《おか》に獅子《シーサー》が吠《ほ》える

遠《とお》き戦世《イクサユ》の物語《ものがたり》は
彼《か》の語《かた》り部《べ》の中《なか》から
純朴《じゅんぼく》に逞《たくま》しく蘇《よみがえ》り
ここかしこへと
舞《ま》い上《あ》がる

心許《こころもと》なく
ひときわ夢見《ゆめみ》た

日《ひ》の本《もと》の
古《ふる》き良《よ》き仁義《じんぎ》の国《くに》は
今《いま》ではもう
過《す》ぎ去《さ》りし秋《あき》の夜長《よなが》の
朧月夜《おぼろづきよ》なのか

初夏の日に

草木《くさき》が芽吹《めぶ》く頃《ころ》
晴《は》れやかな
黄金原《クガニバル》の野原《のはら》は
スミレやタンポポや
ツワブキなんぞが
陽気《ようき》に咲《さ》き乱《みだ》れ
あれやこれやの香《かお》りに

優《やさ》しく包《つつ》まれる

ここの河原《かわら》は平坦《へいたん》で
ジャーガル土壌《どじょう》の
土手《どて》の窪《くぼ》みには
小《ちい》さな住処《すみか》が
そこかしこに在《あ》って
寡黙《かもく》なんだが
それでも面倒見《めんどうみ》の良《よ》い
トガリネズミの家族《かぞく》が

静《しず》かに暮《く》らしていた

やがて
盛夏《せいか》が訪《おとず》れると
心《こころ》は軽《かろ》やかに
空《そら》へと弾《はず》み
川岸《かわぎし》に生《は》える
山桃《やまもも》や山桑《やまぐわ》の紅《あか》い実《み》は
川風《かわかぜ》に吹《ふ》かれて
ひとりでに水辺《みずべ》へ落《お》ちた

小さき者

梅雨《つゆ》の小雨《こさめ》が
しょんぼりと降《ふ》り続《つづ》く
ある日《ひ》の午後《ごご》だった

カタツムリは
釣《つ》り合《あ》いの取《と》れぬ

やたら大《おお》きな
固《かた》い殻《から》を背負《せお》い
菜《な》の花畑《はなばたけ》の
葉《は》っぱを食《た》べに
こっそり出《で》かけたのだ

桑《くわ》の小枝《こえだ》を
ぽっつり歩《ある》いていた時《とき》
根元《ねもと》から這《は》い上《あ》がる
小《ちい》さなナメクジと

思《おも》わず出会《であ》った
(手軽《てがる》な者《もの》は良《い》いなぁ)
カタツムリは
薄《うす》ら笑《わら》いを浮《う》かべて
嘯《うそぶ》いた

ナメクジは
上目遣《うわめづか》いに
媚《こ》びた仕草《しぐさ》をすると
(忌《い》ま忌《い》ましい奴《やつ》だ)

確《たし》かに内心《ないしん》は
そう思《おも》いながらも
小《ちい》さな目玉《めだま》を
くるりと回《まわ》した

草いきれ

積乱《せきらん》の暗雲《あんうん》は
やにわに
摩文仁《マブニ》の丘《おか》へ漂《ただよ》い
混迷《こんめい》の時空《じくう》に
ひときわ
希望《きぼう》が見《み》えず

にわかな雷雨《らいう》
中空《ちゅうくう》のアオスジアゲハ
草葉《くさば》のカメムシ
地表《ちひょう》のヒメアリ
これら群衆《ぐんしゅう》は
上《うえ》を下《した》への
大騒《おおさわ》ぎだ
（タシクィティ《たすけて》　クミソーリ《ください》）

平和《へいわ》の願《ねが》いは

一切《いっさい》が虚《むな》しく
あたり一面《いちめん》の草《くさ》いきれ

八月ヌ遊び

まん丸《まる》い月《つき》
はやく出《で》てこい

こちらは
今夜《こんや》が八月《ハチグァチ》ヌ遊《アシ》び

前《メエ》ヌ毛《モウ》の原《はら》っぱから
太鼓囃子《たいこばやし》が聞《き》こえてくる
(サ~　スリサ~　サ~~)

僕《ぼく》らはみんな影法師《かげぼうし》
童《ワラビ》と一緒《いっしょ》に
影踏《かげふ》みなどして遊《あそ》ぶのだ

あとがき

私が初めて「詩」というものを書いたのは、中学校の卒業文集の原稿として、提出するよう学校から求められた時である。その後、高等学校へ入学してからは、なりゆきで文芸サークルの会員となったのを契機に、以来、詩人や小説家の真似ごとをするようになった。

これまで、仕事の都合でときおり中断があったものの、心の琴線《きんせん》にふれる事柄があれば、その都度ノートに書きとめてきた。ゆえに、齢《よわい》を重ねて人生の節目を迎えた日には、自分なりにも詩集を出してみたいと、恥ずかしながら願っていた次第である。

このたび、第一詩集「浜紫苑《はましおん》」の出版にあたり、心掛けたことや試みたことが幾つかあった。ひとつには、詩を愛する老若男女《ろうにゃくなんにょ》の皆さま方が、この詩集を手にされた時、読みやすく気軽に味わって頂ける内容にしたいこと。

そのため、文字を大きく漢字にはルビをふり、とりわけ、沖縄固有の名称や特異な言い回しについては、カタカナ表記で区別するようにした。

また、詩を詠むに際しては、やたら難解な漢字や言葉をさけ、容易に解釈できるよう、平《ひら》たい表現を心掛けたつもりである。私が意図したこれらの思いを、この詩集にいかほど盛り込むことができたかは、拙著《せっちょ》を読まれた皆さま方の率直なご感想にお任せしたい。

最後になりましたが、目下のところ新型のコロナウイルスという、かつてない地球規模の厄災に見舞われております。

今日《きょう》と明日《あす》の暮らしもままならぬ、困難の極みにおられる皆さま方におかれましては、これまで営《いとな》んでこられた確かな日々の平穏な日常を、一日でも早く取り戻すことが出来ますよう心より祈念いたします。(合掌)

二〇二一年　九月九日

林《はやし》　慈《めぐむ》

林《はやし》 慈《めぐむ》（本名・新垣明美《あらかきあけみ》）

一九四九年に沖縄県那覇市大道で生まれる。大道小学校、松島中学校を経て首里高等学校（二十三期卒）へ進む。高校の文系サークル「養秀文芸」及び全国同人誌「河笛」に参加。一九七三年に沖縄大学を中退して、郵便局へ勤務する。二〇一三年に沖縄県かりゆし長寿大学校を卒業。文芸活動は、二〇一八年に琉球新報児童文学賞の創作むかし話部門で、佳作を受賞する。

第一詩集 浜紫苑 ハマシオン

2021年9月9日 初版第1刷発行
2023年2月22日 第2刷発行

著 者 林 慈
発 行 新星出版株式会社
〒九〇〇-〇〇〇一
沖縄県那覇市港町二-一六-一
電 話（〇九八）八六六-〇七四一
FAX（〇九八）八六三-四八五〇

ISBN978-4-909366-70-2 C0092